AF395881

PUISSE-T-IL SE TROUVER!

RÊVE PATRIOTIQUE.

ALLEMAGNE.

1814.

PUISSE-T-IL SE TROUVER!

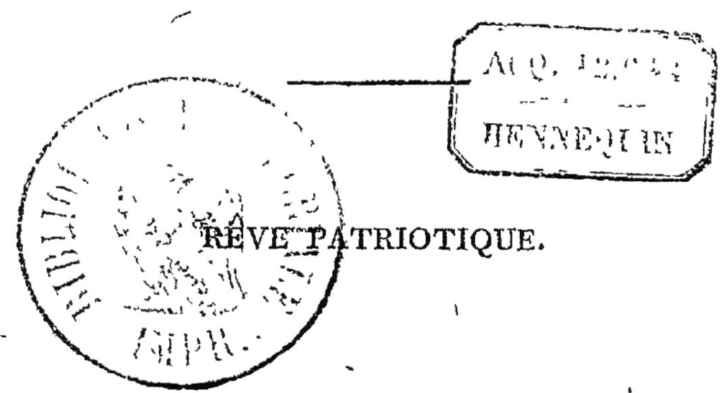

RÊVE PATRIOTIQUE.

Un grand fléau a désolé l'humanité :
l'usurpation aux prises avec le pouvoir
légitime. Une lutte de plus de vingt-
quatre ans, vient de se terminer. La
révolution française, après avoir essayé
dans sa marche sanglante, de toutes les
formes, a expiré sous les dehors de la
monarchie. Mais en vain l'égoïsme, avait-
il masqué son front d'une couronne ; les
gouvernemens légitimes ont triomphé :
la justice et les bons droits sont réinté-
grés ; le règne de la vérité est rappelé ;
les peuples saluent le repos et la paix
qui leur sourient, et les souverains repla-
cés sur leurs trônes raffermis, méditent le

bonheur de ceux, qui sont confiés à leur sollicitude.

Il n'est aucun souverain qui n'eût de bonnes intentions, car le désir du bien naît avec les princes légitimes; il n'en est aucun qui ne voulût rendre ses snjets heureux, mais aussi n'est-il aucun parmi eux qui ne sente que l'intention seule ne suffit pas pour gouverner. Ces princes vertueux lèvent leurs yeux au ciel et prient celui qui éclaire les rois et qui régit leurs coeurs, de les assister dans l'art le plus difficile à exercer sur la terre. Les peuples adressant des actions de grâce à l'éternel, le supplient d'environner les souverains qu'il leur a rendus, de ses lumières et de ses bénédictions. Chaque peuple, prosterné devant lui, place à la tête de ses prières ce qu'il a de plus instant à demander pour celui qui le gouverne, chaque peuple dit: „Avant tout, Dieu grand et bienfaisant, faites rencontrer à notre prince, parmi ceux qui l'approchent, un homme qui mérite son estime; que par l'estime il obtienne sa confiance; que par cette confiance il gagne son attachement, èt que - s'il est possible - il devienne son ami. Accordez, Dieu bienfaisant, ce bonheur à notre souverain pour lui alléger le pesant fardeau du gouvernement. Que notre prince chéri trouve des lumières dans l'esprit de cet ami; qu'il trouve des conseils dans sa raison; des motifs d'agir dans son caractère et des consolations dans la sincérité de son coeur."

En effet, lorsqu'un peuple se plaint de son gouvernement, c'est toujours la faute de ceux qui entourent le chef souverain, ce n'est point la sienne: formant un mur impénétrable autour de sa personne par les arts de leur assiduité, ils l'empêchent de voir ce que chacun voit, et d'entendre ce que chacun entend; tout environné qu'il est, il se trouve isolé, et il reste étranger à tout ce qui l'entoure dans ce monde. Ah que les souverains, auxquels le vulgaire porte envie, sont à plaindre! On exige beaucoup d'eux, et on les prive de tous les moyens de faire ce que l'on exige. Ils semblent condamnés à vivre sur cette terre dans un affreux isolement d'esprit et de coeur, et pour toutes les peines que leur condition leur impose, ils semblent privés de toutes les douceurs départies aux autres humains, surtout ils paraissent destinés à ne jamais goûter la plus pure des jouissances que le ciel a accordées aux mortels, celle de l'amitié. Cependant, si l'histoire célèbre parmi les souverains, des pères du peuple et des bienfaiteurs du genre humain, elle mentionne aussi l'amitié, comme le don précieux dont le ciel les avait gratifiés: Nommer Henri IV, c'est rappeler Sully. Notre siècle a été bien dégradé il est vrai, par l'égoisme, par la flatterie et la fausseté; mais le serait-il au point qu'on dût supposer qu'il ne se trouvât pas, dans chacun des états d'aujourd'hui, un seul homme digne de devenir l'ami du prince ?..... Parmi ceux qui gouvernent, il en existe qui désirent et méritent d'entendre la vérité ; eh, parmi ceux à qui ils commandent, n'y aurait-il donc pas un seul, capable de la dire ? Il existe parmi ceux qui sont nés sur des trônes, des hommes appelés à devenir des Henri IV ; n'y aurait-il donc pas parmi leurs sujets un seul, capable d'égaler Sully ?

Eh, sans doute, cet homme de bien, Dieu ne l'a refusé à aucun état ; cet homme de bien existe, et Dieu achevera son ouvrage : il le fera rencontrer au prince vertueux de chacun de ses peuples ; Dieu dirigera sur lui la vue du souverain ; son coeur devinera l'homme qui lui manque ; il le trouvera.

Oui, il le trouvera..... Il l'a trouvé...... Dieu exauce les voeux des peuples pour leurs princes. Et lorsque le souverain que Dieu dirige, aura vu de près l'homme qui lui manquait, il viendra un jour d'épanchement, réclamé depuis longtems par son coeur; il appellera son élu, il lui ordonnera de parler, et voici comment celui-ci usera de la liberté que lui aura accordée son souverain.

,,Prince, dira-t-il, depuis plus de vingt ans de grandes leçons ont été données sur l'art de gouverner. Qu'elles ne soient pas perdues pour les humains! Les souverains ont vu le mal sous tous les aspects; ils en tireront autant de bien qu'il leur sera possible! Ils ont vu abuser de toutes les choses saintes et honnêtes, et ils ont appris à connaître la manière d'en user.

Je n'ai pas besoin de vous dire, Prince, que les seules bases solides d'un gouvernement sont la justice et la vérité; Vous avez ces principes au fond de votre coeur, et ce n'est pas pour vous qu'il a été nécessaire de montrer par l'exemple, que le règne de l'iniquité et de l'imposture est passager comme le vent. En administration intérieure comme en gestion extérieure, la vérité et la justice seules conduisent au bien. La parole des souverains doit-être sacrée comme celle de Dieu, dont ils sont les représentans sur la terre. Les gouvernemens comme les individus ne seront heureux que quand ils seront vrais et justes. Vous savez, Prince, qu'il n'y a qu'une morale sur la terre, elle est seule et invariable.

La religion à été une des choses dont on a principalement abusé. Après en avoir fait une dérision, on l'a employée comme un grossier instrument politique. Des athées se sont donnés pour des envoyés de Dieu, et le crime a abusé du nom de la providence pour exécuter ses atroces projets. Cependant les humains ont besoin de croire et d'espérer, ils se sont sentis bien malheureux pendant cette époque d'incertitude et d'abandon, qui les séparait du ciel : la religion est un besoin inné du coeur ; sans elle ceux qui ne sont pas heureux sur cette terre, seraient bien à plaindre. La religion ne doit pas avoir son siége dans la tête, il doit être établi dans le coeur ; elle en provient, et elle y retourne. Elle n'est pas l'oeuvre de la spéculation, elle ne consiste pas dans des formules retenues de la mémoire ; elle accompagne toutes les actions, elle en est l'ame, elle en est le commencement et la fin, elle les rapporte toutes à l'être suprême. L'homme a besoin de la religion pour vivre heureux et pour mourir tranquille ; elle est la source de son repos, de ses consolations dans cette vie et de ses espérances au delà du tombeau. Tous les cultes ont pour but d'assurer à l'homme ce bien, le premier de son existence terrestre. Tous les cultes ont le même but, leur différence n'est que dans les formes. Les plus sages des gouvernemens les respectent tous, et maintiennent leur exercice sans s'immiscer dans leur intérieur. Et ces gouvernemens se sont toujours trouvés bien de leur sagesse.

Il n'est pas de religion sans morale, comme il n'est pas de morale sans religion. L'une et l'autre doivent accompagner l'homme dès le berceau; il faut donner une éducation à l'homme; il faut qu'elle soit essentiellement morale; il faut que l'enseignement du bien soit pratique; la vertu doit devenir une habitude, plutôt par l'exemple que par des préceptes. Il y a des états où une grande corruption règne dans toutes les classes de ceux qui les servent; ces états sont bien à plaindre! Il n'y a qu'un grand remède à un si grand mal: il faut contenir la génération existante par la terreur, seul mobile des ames avilies; il faut changer la génération naissante par l'éducation. C'est une immense entreprise il est vrai qu'une telle reforme; et il est moins difficile de remporter des victoires sur des ennemis extérieurs, que sur une profonde démoralisation intérieure, mais il est nécessaire de remporter celle-ci avant tout, car un gouvernement ne peut prospérer tant que la base est en poussière et putréfaction. La moralité est la première condition de son existence.

Il y a eu un tems où les peuples réclamaient des Constitutions comme des garanties de leur bonheur, et où les gouvernans, pour présenter des garanties aux peuples, formaient des Constitutions. Les faibles ont besoin de se prémunir contre la force, mais la force quel gage donnera-t-elle de la sincerité et de l'inviolabilité de ses engagemens? La constitution est dans le coeur de celui qui lui donne le mouvement et la vie; c'est le prince qui est la constitution. A quoi ont servi en France les différentes chartes constitutionnelles qui se sont succédées? Elles ne reposaient pas sur la moralité de ceux dont elles étaient émanées, et elles n'ont servi qu' à faire naître des moyens de les éluder. On a beau classifier les pouvoirs publics et les balancer sur le papier; ils ne seront jamais en équilibre, si la bonne-foi ne dicte, ne scelle et ne surveille l'acte écrit, si elle ne donne de la vie à la lettre inanimée. République, aristocratie, monarchie, gouvernement mixte, gouvernement modéré, ce n'est pas à ces termes que tient la félicité des peuples et la stabilité des gouvernemens. Les mauvais gouvernans abusent de tout; les bons font disparoître les taches des institutions défectueuses: il existe des gouvernemens absolus, où les princes règnent avec douceur et libéralité, et nous avons vu des républiques où le despotisme le plus atroce a dominé. Parmi les moyens de rendre les peuples heureux, celui de le faire par une constitution, est le moins efficace et peut-être un des derniers qui seraient à employer. C'est un des tristes héritages que le siècle des bouleversemens universels a légués au nôtre, que cette facilité avec laquelle on se porte à façonner les peuples par des constitutions. Et l'on sait aujourd'hui que ce ne sont pas les formes artistement combinées, qui constituent l'esprit des gouvernans et des gouvernés; le bien peut se faire sans cet étalage de phrases fastueuses; offrir à un peuple une félicité par une constitution, c'est-inspirer des défiances et réveiller des souvenirs pénibles.

On a été induit à croire que les souverains devaient posséder toutes les connaissances humaines pour gouverner. Des charlatans en administration se sont fait passer pour des hommes universels. Il est aussi ridicule de vouloir le paraître qu'il serait injuste d'exiger des souverains qu'ils le fussent. Le moyen de tout apprendre et de tout savoir dans la courte vie humaine ? Comment un prince parviendrait-il drait-il à embrasser ce que jamais mortel ne peut atteindre? Un prince doit avoir reçu cette instruction qui développe l'esprit en général et qui l'excite à s'intéresser pour les objets utiles qui s'offrent à sa vue. Il suffit qu'il ait connaissance de l'ensemble des parties qui entrent dans l'art de l'administration. Il ne peut ni doit en connaître chacune en détail; il suffit qu'il connaisse le but et les résultats auxquels chacune doit viser. Son instruction à l'égard de bien des objets ne pourra être qu'historique. Le savoir appartient aux hommes de métier, et dans un souverain un jugement sain est préférable à la science. S'il a un ami, quel titre que celui-ci puisse porter, c'est là qu'il doit trouver des connaissances détaillées ou les indications de se les procurer. Un souverain doit principalement posséder le moyen de trouver parmi ses serviteurs ceux qui possèdent les connaissances, dont il pourra tirer parti pour le bien de l'administration. C'est de leurs lumières qu'il doit s'entourer pour porter des jugemens décisifs. Même les gouvernemens méchans ont suivi cette maxime.

La principale science, celle qui doit précéder toutes les autres dans un souverain, est de bien choisir les hommes qu'il emploie à son service. Il est impossible qu'un souverain, quelque bornée que soit l'étendue de ses états, connaisse personnellement tous ceux qu'il appelle aux fonctions publiques. C'est ici qu'un ami pourrait lui être d'une grande utilité, celui-ci prendrait des informations et lui indiquerait les hommes les plus estimables. Si les principaux fonctionnaires sont bien choisis, ils ne proposeront, ni ne nommeront guères pour les autres emplois des sujets qui soient indignes d'eux. Les ministres, les chefs des administrations et des tribunaux ne chercheront que des hommes qui leur ressemblent; ils leur transmettront leur manière de voir et

.d'agir, et les subordonnés se façonneront bientôt sur, eux. L'esprit d'un chef se .reproduit toujours dans les employés inférieurs; les méchans même voudront lui ressembler.

Il faut nécessairement que chacun possède les connaissances qu'exige la place qu'on lui confie. Un mûr examen doit en être le garant. Malheur aux états où chacun est censé propre à chaque emploi! La révolution française a démontré le danger de ce genre d'administration. Lorsque des chefs ne connaissent pas la partie à laquelle ils sont préposés, les places inférieures deviennent la proie de l'ignorance et de la fourberie; les subalternes instruits et probes se désespèrent; ils sont peu-à-peu expulsés, et la gestion des affaires reste entre les mains des fripons. Il faut qu'un chef sache apprécier le travail de chaque subordonné, afin de pouvoir encourager les uns, et censurer les autres, mais il ne faut pas qu'il se mêle de l'exécution des détails; il doit se borner à donner la haute impulsion aux affaires et à suivre les résultats; il doit maintenir la marche de l'ensemble et faciliter le jeu des rouages qui produisent le mouvement général. L'esprit de détail nuit aux grandes vues. Un chef ne doit pas vouloir toucher de la main, lorsqu'il suffit de faire agir l'oeil.

Ce principe si essentiel pour tout administrateur, l'est encore bien plus pour le chef d'état: il ne doit jamais voir les affaires qu'en grand. S'il entre dans les détails, il perdra un tems précieux qui appartient aux objets majeurs: ceux-ci souffrent sans qu'aucune autre branche y gagne. C'est un meurtre que de sacrifier une partie inappréciable de la vie d'un souverain à écrire son nom, ou à lire et fouiller dans des monceaux de papiers. Vouloir tout faire et tout signer, ne peut convenir qu'à un prince peu éclairé

sur sa haute vocation, ou à un domina-
teur, jaloux de sa puissance et craignant
de ne pas regner assez.

On a appelé quelquefois des savans,
célèbres pour des théories, à des emplois
publics. Il n'y a pas de classe d'hommes
moins propre pour la gestion des affaires,
que celle-ci. La distance entre la théorie et la pratique est immense. Des
savans peuvent sans doute, en certains
cas, être consultés avec fruit, mais les
hommes formés par l'expérience des
affaires, leur sont bien préférables; le
savoir-faire vaut mieux pour la gestion
active que le savoir, et celui-ci ne remplace jamais les connaissances que donne
la pratique; tandis que celle-ci peut
quelquefois exister sans la théorie. —
Quelquefois des gouvernemens ont
appelé des étrangers pour avoir leurs
conseils relativement à des reformes ou
à des organisations projettées. Ordinairement ces gouvernemens ont été trompés

dans leur attente; un étranger, quel que puisse être son mérite, est incapable de donner des conseils et des vues dans un pays sur lequel il n'a pas acquis des connaissances locales sur les lieux mêmes. Ses plans et ses projets, quelqu' ingénieux qu'ils puissent être, ne seront pas applicables. Si le pays où il est appelé, possède une langue particulière, les obstacles de se rendre utile, déviendront encore plus grands.

Ils existe des états où l'on exige des connaissances presque universelles de ceux qui se présentent pour les places. Mais il est ridicule d'exiger d'un teneur de livre qu'il connhisse le droit romain ou la physique, et d'un inspecteur des foréts qu'il possède les langues anciennes. Tant que chacun doit tout savoir, personne ne sera instruit à fond. On ne doit demander d'un candidat qui se présente pour une place, que les connaissances, qui y sont spécialement nécessaires;

l'instruction générale doit être supposée, et il n'y a pas de raison d'en demander compte. On doit s'assurer d'un copiste qu'il sache bien copier, et d'un calculateur qu'il sache bien compter, et rien de plus.

L'état doit avoir soin que dans chaque branche de l'administration les employés s'instruisent et se forment graduellement. Ils doivent être assurés qu'en avançant en connaissances, ils avanceront aussi pour le grade et pour les avantages extérieurs. Leur avenir doit leur être garanti dans la partie à laquelle ils se sont voués. Le changement de chef ne doit avoir aucune influence sur le sort des employés inférieurs. Nul fonctionnaire ne sert les hommes, mais l'état.

S'il est nécessaire que chacun possède l'instruction qu'exige la place qu'il occupe, et que les chefs la réunissent à un très-haut degré, il est doublement instant que ceux-ci aient du caractère; toute instruction serait nulle sans cette qualité d'ame. Pour écrire il suffit d'avoir des connaissances, mais pour agir il faut du caractère. Ce n'est que par la fermeté et une volonté bien soutenue qu'on assure le succès des opérations; ce n'est que par cette qualité qu'on y met cette suite et cette conséquence de procédés qui sont l'ame de l'administration.

Le souverain doit en tout ce qu'il ordonne, montrer du caractère. Vouloir fortement ce que l'on veut réaliser, c'est le grand secret en législation. Un souverain bon et estimable aura du caractère, car il ne voudra jamais réaliser que ce qu'il aura reconnu pour juste; et ce qu'on appelle caractère n'est autre chose que la conscience de vouloir le bien et la persévérance à le réaliser. Aucune qualité d'un souverain n'inspire autant de confiance aux sujets que celle-ci. Jamais il n'est incertain, jamais il ne se retracte, puisqu'il ne promet jamais que ce qu'il peut tenir. On compte avec certitude sur la parole qu'il a donnée et sur la loi qu'il a émise; on y fonde des plans et des espérances pour l'avenir; on estime le prince qui a du caractère, on le respecte, on l'aime, et lorsqu'il est même forcé d'être sévère, personne ne se détache de lui. L'action morale du caractère déployé par le prince, se manifestera encore plus heureusement dans les fonctionnaires que dans les gouvernés. L'impulsion étant donnée d'en haut la force de la volonté se propagera comme un fluide électrique par toute la filiation des autorités, les esprits les plus faibles se sentiront relevés, et l'intention du monarque sera réalisée à souhait. Des hommes très-estimables pour leur moralité et pour leurs lumières, désorganisent souvent une administration par le manque de caractère; la faiblesse dans les mesures prises par le chef d'une autorité, devient souvent une injustice aussi criante que si elle provenait de la corruption ou de l'ignorance. Le manque de caractère est un des principaux défauts de notre siècle, et une grande partie des maux que le monde a soufferts, est sortie de cette source. Deux causes ont produit ce phénomène moral dans les gouvernans: l'absence des principes de morale, et l'absence de l'instruction: c'est pourquoi l'égoisme et l'ignorance ont été les deux principaux ressorts mis en jeu par la révolution. Les princes et les individus ont été atteints de la cruelle maladie de nullité de caractère, et des princes comme des individus ont succombé au mal. Dans un état où la moralité et l'instruction sont les qualités essentielles des fonctionnaires, deux grandes sources du manque de caractère n'existent donc pas!

Parmi les états, Prince, que la révolution n'a pas atteints dans leur intérieur, il y en a qui conservent des institutions respectables par leur antiquité,

mais qui dénaturées par le tems, peuvent
leur devenir préjudiciables. C'est ainsi
que les distinctions de naissance sont
nécessaires pour maintenir la forme de
gouvernement, et elles doivent étre conservées avec soin, mais lorsqu'elles suf-
fisent pour ouvrir la carrière des emplois
publics, l'administration en souffre: les
hommes de mérite sont découragés; l'instruction est méprisée et négligée; toute
émulation étouffée; la faveur et tous les
arts de l'intrigue dominent. Les hommes
en place sont sans connaissances, sans
talens, sans vertu; ils sont dispensés d'en
avoir. Le souverain est mal entouré,
l'état est en défaillance. Un nom illustre
peut donner sans doute un grand poids
à une mesure prise par un gouvernement,
mais ce nom ne suffit pas seul pour la
faire réussir. S'il est juste de donner le
tribut d'admiration aux hommes marqués
par une origine distinguée, il sera sage
de la part d'un gouvernement de mettre

des bornes au prestige de la renommée, en établissant pour principe invariable, que la probité et le mérite seront les premières preuves à fournir par celui qui veut servir l'état, et que le nom et la naissance ne feront pencher la balance que lorsque cette condition sera remplie. Malheur à l'état où la protection, les connexions de famille, l'intrigue sont tout! Le mérite sans naissance et sans liaisons, y sera réduit, pour se faire jour, à employer ces moyens ou à rester dans l'obscurité. Ce gouvernement périra sous l'ignorance et l'immoralité. La fortune et la naissance ne doivent servir que de complément à un mérite réel, qu'à relever le talent, mais elles ne peuvent donner ni l'un ni l'autre.

Les hommes nés dans les grandeurs et élevés dans le superflu ne connaissent pas les humains, ni les besoins dont ils sont entourés; avec les meilleures intentions ils ont beau faire, ils ne peuvent

entrer dans la situation de ceux qui ré-
.clament leurs secours; mal à propos ils en
seront ou prodigues, ou avares. Il faut
avoir vu de près la vie humaine avec
toutes ses vicissitudes pour la connaître, et
un homme en place qui n'a pas fait cette
expérience, manque d'une des connaissances les plus essentielles pour se rendre
utile. Les heureux ne comprennent pas
les malheureux de cette terre; leur lan-
-gage est tout autre; ils sont d'une toute
autre espèce. On voit souvent, et dans
tous les états, paraître des lois et ordonnances qui attestent que ceux qui les ont
composées, n'ont aucunement connu ni les
hommes, ni les choses humaines. De plus
ceux qui sont nés et élevés dans les
grandeurs et dans le superflu, ont ordinairement le goût des frivolités, elles
leur sont même de besoin. Les jouissances de la vie consument une grande partie
du tems qui devrait appartenir aux affaires. Ils ne connaissent pas le travail; ils

n'est pour eux ni un plaisir, ni un besoin.
Ils croyent beaucoup faire, lorsqu'ils con-
sacrent des minutes là où des journées
seraient nécessaires; les affaires marchent
après les plaisirs, puisqu'ils prennent
ceux-ci pour des besoins indispensables
de l'existence. Les affaires traînent, se
décident souvent mal, ou jamais. D'ailleurs, là où les jouissances frivoles dominent, les besoins des fonctionnaires
sont grands: voulant être récompensés
selon leur condition, ils font des préten-
tions exorbitantes, et au milieu d'une
morale relâchée, il n'y a pas loin de la
sensualité à la vénalité. Il y a peu d'états
où les hommes de naissance se forment
de bonne heure aux affaires, et où ils
portent aux places le goût et l'habitude
du travail, mais aussi là où ils réunissent
ces qualités, ils sont d'une bien plus
grande utilité au gouvernement; leur
exemple est d'un grand poids, il devient
la règle universelle. Les souverains qui

possèdent de tels hommes dans les castes supériéures, sont à féliciter.

En un mot, Prince, le choix des hommes est tout, et l'art de les connaître est la base de la science de gouverner. Cet art est si difficile, qu'avec la meilleure volonté il se glissera sans doute des sujets indignes dans les placées. Mais rien n'est parfait sur cette terre, et tant que les souverains n'auront pas l'omniscience en partage, il suffit de s'approcher de la perfection, puisqu'il n'est pas donné aux humains de l'atteindre.

Il est impossible, Prince, d'épuiser cette matière dans un seul entretien; l'homme est pour l'homme l'étude la plus profonde et la plus vaste. Cet abyme de mystères, l'homme, je ne prétends pas l'approfondir ici; ce secret des secrets, je ne me flatte pas de le déchiffrer; je voulais seulement indiquer combien cette science est difficile et je ne crains pas de déplaire à mon souverain, en lui déclarant franchement, qu'une grande partie des états, qui sont mal gouvernés, ne le sont que, parceque leurs princes ne se doutent pas d'une science qui est la plus importante pour eux.

Des hommes, permettez Prince, que je passe aux institutions et aux lois. Chaque nation en possède qui tiennent à son climat, à son sol, à ses anciens souvenirs, à ses moeurs, au caractère des individus, à leurs habitudes. Chaque nation à des institutions fondées sur des idées qui lui sont particulières; ces idées constituent la nationalité, et l'on n'y touche pas impunément; leurs racines entrent profondément dans le sol qui les porte. Si elles sont nuisibles, on doit les aborder avec une grande circonspection et d'une manière imperceptible; les idées utiles doivent être conservées avec soin; et lorsque les progrès du tems exigent qu'elles soient modifiées, leur fond doit être scrupuleusement respecté. Une langue

gue nationale, un costume national, des chants et des usages nationaux, sont des mobiles précieux dans la main de ceux qui gouvernent; ils veilleront réligieusement à leur conservation. Un sage souverain honorera la langue de son peuple en l'employant, et son costume, en le portant. Ces ressorts nationaux sont d'une force incalculable et le souverain qui en trouve dans son peuple, est à féliciter. Les gouvernemens qui ont su les mettre en jeu, en ont tiré les résultats les plus étonnans, et les meneurs de la révolution française ont eu l'esprit de ne pas les négliger. Lorsque les peuples n'ont plus de nationalité, ils payent bien cher ce défaut, ils deviennent facilement la proie d'un funeste goût d'imitation. En imitant les autres on montre peu d'estime pour soi-même et l'on commence à se ravaler à leurs yeux, on les autorise à nous taxer au dessous de ce que nous valons. Ils apprennent à nous mésestimer et finissent peut-étre par nous mépriser. L'imitation des institutions étrangères a été un des fléaux de notre siècle; on a tout imité de notre tems : dés institutions, des lois, des formes, des couleurs, on a été jusqu' à se prendre de prédilection pour des expressions. Des choses usées et rebattues ont été admirées comme des découvertes nouvelles, dès qu'elles avaient passé sur un sol étranger; des mesures inexécutables ont été envisagées comme des conceptions lumineuses, et ce qui n'était qu'extravagant ou monstrueux, a été nommé grand et sublime. Jusqu' à quel point n'a-t-on pas poussé l'imitation des institutions et des inventions du dernier gouvernement français! On le haissait, on l'abhorrait, mais on ne l'en imitait pas moins. Il y a tel état où les vestiges de ce funeste penchant seront longtems encore visibles. La fureur des réformes s'est cachée sous l'équivoque terme d' organisation. On ne voulait pas voir que dans le pays natal de ce terme, en France, o r g a n i s e r équivalait ordinairement à d é s o r g a n i s e r et n'etait souvent autre chose que d é t r u i r e ; on ne réfléchissait pas que toute organisation suppose un changement, et que tout changement est un grave inconvénient en fait d'administration. Une réforme est souvent une révolution masquée, et ne diffère d'une révolution manifeste, que dans les formes qu'on emploie. Comme la manie de l'imitation a sa source dans le défaut d'instruction, et dans le manque de caractère, vous soufrirez, Prince, que je signale de nouveau ces défauts sur lesquels on ne saurait revenir trop souvent.

Dans quelques états ils ont produit une incertitude et une contradiction continuelle dans les mesures du gouvernement; de là on y voit cette multiplicité de lois et d'ordonnances dont les unes détruisent les autres: c'est là que l'autorité suprême perd la considération qui, lui est due et qu'elle finit par détruire la confiance qui lui est nécessaire. Il vaut mieux, Prince, ne point donner de lois que de ne pas exécuter celles qu'on a faites, ou de les révoquer à tout instant. L'autorité ne doit jamais se compromettre en ordonnant des choses inexécutables, elle se ruine et se détruit ainsi elle-même. C'est par la sagesse qui inspire, et par la fermeté qui soutient les lois, qu'elles acquièrent de la stabilité et que la force de l'opinion les protège, voilà la puissante égide sans laquelle rien n'a de durée dans les choses humaines et qui seule les préserve de la prompte destruction dont les objets terrestres sont frappés.

Les gouvernemens où regnent ces vacillations continuelles, sont des gouvernemens faibles. Ce qui leur manque d'énergie, ils prétendent y suppléer par des formalités extérieures ; ils croyent qu'en prescrivant beaucoup, ils exercent à un haut point l'art de règner. Les réglemens, les ordonnances, les instructions, les circulaires se succèdent à l'infini; des bureaux s'élèvent partout; les écrivains deviennent innombrables; là où un seul homme suffisait autrefois, on établit vingt personnes qui écrivent, ou qui ne font rien en attendant les écritures à faire; la plume est le ressort du gouvernement; son action est en paroles; les écritures sont interminables, et l'on croit une mesure exécutée, quand elle se trouve sur le papier. Les fonctionnaires supérieurs dans un tel gouvernement sont timides à prononcer, ils renoncent à toute réflexion et à tout jugement; ils n'osent décider que ce qui est littéralement prescrit. La lettre est la seule autorité; le bon sens et la raison cèdent à la lettre; le gouvernement ne veut ni esprit, ni intelligence dans ses fonctionnaires; il veut en eux des instrumens passifs et ceux qui sont gouvernés, doivent l'être également. L'esprit mécanique passe dans toutes les administrations ; on croit que gouverner est tout régler par des formalités, et on ne s'apperçoit pas qu'à force de tout gouverner, on ne régne pas ; que la marche du gouvernement est obstruée per des formalités, et que le mouvement cesse dès que la formule la plus insignifiante vient à manquer. Le mouvement ne se développe plus dans l'intérieur de l'administration, il doit être renouvelé à chaque pas par de nouvelles impulsions du dehors. Si ces impulsions venaient à cesser, toute la machine s'arrêterait. Dans un état dont l'administration est si mécanique et où les fonctionnaires ne s'attachent qu'à la lettre, ils n'osent prendre des déterminations, crainte de la blesser ; rien ne se décide dans un tel état, tout est en langueur. Et c'est ainsi que l'injustice devient habituelle dans les gouvernemens faibles.

Elle l'est encore dans les gouvernemens qui abusent de leur force, parceque manquant de justice et de bonne-foi, les formalités leur sont également nécessaires; elles sont le véhicule naturel de la méfiance qui les tourmente. Un gouvernement immoral juge les hommes d'après lui-même, et les croit tous méchans. Il se flatte de n'être pas trompé, en réduisant les hommes à être de simples machines. Un despote ne veut régner que sur des esclaves, et les organes de sa volonté doivent également être des esclaves. Les formalités sont les chaînes dont il entoure les uns et les autres. Comme sa méfiance est infinie, les formalités vont aussi à l'infini; et rien ne peut se faire sans être prescrit. Mais ces formalités qui doivent être la garantie du despote, favorisent elles-mêmes les abus et deviennent l'égide des infractions à sa volonté; car c'est en se cachant sous les formalités que les employés commettent des injustices et des rapines, rien n'est impossible dès que l'observation des formalités justifie les actions, et que leur nature n'entre pas en considération. Notre siècle a vu pousser cet art à un haut degré de développement.. La France révolutionnée, berceau de tant de maux, a donné aussi l'exemple de cet art funeste. Les écritures, les décrets, les règlemens encombraient toutes les branches de l'administration, les formalités ont été la sauvegarde de l'immoralité, de l'égoïsme, du manque de foi et d'honnèur. Ces échaffaudages compliqués, dressés artistement sur le papier, en masquant aux yeux du monde stupéfait la désorganisation morale de la France et la confusion intérieure, ont été pris par des étrangers pour des signes de l'ordre, de l'intelligence et de la régularité du gouvernement.

La multiplicité des formalités entraîne la multiplicité des fonctionnaires.

Il y a des états où dix et vingt employés sont chargés de faire ce qu'un seul pourrait effectuer; un gouvernement despotique a besoin de créatures; jamais état n'a salarié plus d'employés que la France sous son dernier gouvernement. Il y avait des branches d'administration qui comptaient 40,000 et 60,000 employés, et le total de tous ceux que l'état nourissait, présentait une masse plus forte que l'armée. Cependant, en conséquence de la détresse des finances, commune à tous les gouvernemens, plus les employés sont nombreux et plus ils sont mal payés; en ce cas ils se dédommagent par des malversations; d'un autre côté s'ils sont bien salariés, cette augmentation d'impôts, pèse sur les habitans, quoique le service se fasse plus mal que si les fonctionnaires étaient en plus petit nombre.

Un état qui a adopté pour base de son administration la moralité et l'instruction, n'a pas besoin de chercher son salut dans des formalités, et sera exempt des inconvéniens qui en résultent. Le grand ressort d'un tel gouvernement sera la confiance; ce lien moral qui existe entre le souverain et son ami, attachera également les ministres aux chefs des differentes administrations, il passera de chaque chef à ses subordonnés et traversera toute la filière des autorités. C'est ce noble lien qui fera mouvoir toutes les parties dont se compose le gouvernement. Le règne de la confiance, fondé sur la vertu et les lumières, évitera l'inconvénient de multiplier sans nécessité les formalités; le souverain vertueux et éclairé sait que chaque nouvelle formalité diminue l'intelligence, rétrécit le jugement, enchaîne le génie, porte atteinte à la morale et affoiblit la confiance; il sait que les formalités sont la mort de toute faculté morale et intellectuelle; il ne veut pas voir dans les hommes de simples machines et il craint, qu'en soumettant leurs actions à des formalités prescrites, elles ne cessent d'avoir un prix moral; il n'en veut admettre dans son administration qu'autant que l'ordre dans les affaires et la nécessité d'en régulariser la marche, en exigent rigoureusement. La force et l'unité dans le gouvernement doivent provenir de la noble source morale, la confiance. Il est impossible que les lois prévoyent tous les cas et fixent d'avance toutes les décisions; tracées à grands traits et ne contenant que les principes généraux, elles sont toujours sujettes à admettre des interprétations de la part de ceux qui sont chargés de les appliquer, ceux-ci doivent donc toujours jouir d'une certaine latitude, nécessaire pour s'acquitter de leur ministère. Dans un état où ils réunissent probité et instruction, cette latitude ne sera pas dangereuse, tandis que dans les états qui se régissent par les formalités, il arrivera que, dans les cas pressés, le mal qui doit être prévenu, parvient souvent à être sans remède. D'ailleurs, dans ces états même le gouvernement ne pourra jamais prendre une décision que sur les données et d'après les vues du fonctionnaire qui la réclame dans son rapport; c'est ainsi que même le gouvernement le plus méfiant est en dernière analyse forcé d'avoir recours à la confiance, tant elle est inhérente à la nature morale des humains. Le fonctionnaire probe réclamera lui-même, dans les cas difficiles à resoudre, la décision du gouvernement, parce qu'il craint de compromettre sa conscience. Sans doute les fonctionnaires les plus intègres et les plus éclairés pourront se tromper, et de chaque erreur il résultera du mal pour quelques individus, mais dans les gouvernemens où tout se fait sous l'égide des formes, les fonctionnaires, pourvu qu'ils les satisfassent, feront du mal aux administrés et au gouvernement, en trompant celui-ci et ceux-là à la fois. Il y aura aussi, j'en conviens, Prince,

même dans les gouvernemens qui se régissent par la confiance, des hommes qui
abuseront de ce noble ressort, puisque
l'homme abuse de tout, mais le châtiment
irrémissible frappera aussitôt le coupable.
Les véritables lumières, la vraie force
d'ame, que nous appelons caractère, sont
conséquentes en punissant comme en
récompensant, et elles sont en garde
contre cette fausse philanthropie qui mé-
nage le crime et ne devient que trop souvent une véritable cruauté pour l'état.
Cette mollesse morale a été une des mar-
ques caractéristiques de notre siècle; elle
a affaibli plus d'un gouvernement de nos
jours, jusqu'à rendre nulle son action
contre les méchans. Les bons princes sa-
vent que c'est une injustice que de ne pas
punir; ils n'ont jamais oublié un devoir
sacré quoiqu'il en coutât à leur coeur
de le remplir, et on n'a pas eu besoin
de leur dire que les gouvernemens, qui
ne punissent pas, s'affaiblissent et rendent

leur existence précaire. Au reste voici encore une différence entre le systême de la confiance et celui de la méfiance : le premier en donnant à ses fonctionnaires de la latitude pour faire le bien, prête une force incalculable à l'administration, en ce que chacun d'eux y porte autant de zèle comme s'il agissait en son propre nom et pour lui même, de sorte que l'action de l'administration s'ennoblit et se renforce de toute la vertu des individus qui y concourent ; mais le dernier, qui ne permet pas aux fonctionnaires bienveillans et probes de faire le bien d'après leur caractère, fait que la vertu de l'honnête homme est perdue pour l'état.

En général, mon Prince, si les sociétés humaines et les gouvernemens ont tant de défectuosités, c'est parceque les hommes ont méconnu les lois éternelles qui régissent le monde ; ils ont cherché à atteindre une haute civilisation, et ils ont dégénéré ; le sentiment de ce qui est vrai et juste, a été faussé en eux; leur coup d'oeil s'est obscurci; ils ont méconnu toutes les voies, et toutes les limites que la nature a si visiblement tracées autour d'eux, et cette justesse de jugement qui doit conduire l'homme à travers la vie, s'est perdue. Ils ne se doutent plus que la sagesse et la vertu ne font qu'un, et que les véritables lumières ne servent qu'à rendre les hommes meilleurs. Les gouvernemens, au lieu de suivre les indications de la nature, ont voulu la forcer, et tous les élémens de leur félicité ont souffert ou ont péri sous l'empire de l'ineptie et de la violence. S'ils avaient étudié la nature, ils auraient reconnu des lois simples mais régulières et invariables; ils auraient vu que Dieu ne crée pas tous les jours, mais que d'après l'ordre établi depuis l'eternité, la nature se reproduit sans faire de nouveaux efforts, et uniquemant par la puissance de la première impulsion qu'elle a reçue. Les volcans, les tremblemens de

terre et les ouragans leur auraient appris.
que les révolutions sont destructives par
leur essence; les changemens des saisons
leur auraient montré que la nature n'opère
pas par des réformes brusques, mais que,
si elle change les formes des objets, elle
le fait successivement et par l'intermé-
diaire du tems. En France nous avons
vu une révolution de plus de vingt-
quatre ans, parceque le gouvernement ne
marchait que de réforme en réforme; nous
y avons vu renverser l'ordre que proclame
toute la nature, nous avons vu mettre
les effets à la place des causes, et pro-
voquer les conséquences après qu'on en
avait détruit les prémisses. Des évêques
sont établis avant qu'on ait songé à des
prêtres; des académies et des instituts
supérieurs sont créés avant qu'il existe
des écoles élémentaires; on a des paroisses,
mais on manque d'églises; on crée des
écoles, mais il n'existe pas de maîtres.
Les impôts augmentent et les dépenses
vont

vont en croissant, pendant que les ressources sont détruites et épuisées systématiquement. De grands dignitaires sont
créés avec d'importans revenus, pendant
que l'immensité des fonctionnaires travail-
lans languit dans le besoin. Agriculture,
industrie, commerce, finances, instruction
publique, tout a été forcé et toutes les
branches de l'arbre de l'état ont été traitées d'une manière contraire à ce que la
nature enseigne et que la raison recon-
naît.

Mais je sens, Prince, que ces idées générales vous occupent trop, pour que je
doive me permettre d'aborder les branches
particulières où elles trouvent leur application. Ces matières sont sérieuses, et
je me suis apperçu que plus d'une fois
elles ont fait sur vous une impression
pénible. Aussi, je ne vous le dissimule pas,
mon Prince, est-il possible que je vous
déplaise en ne vous cachant rien de ce que
je pense et de ce que je sens. D'ailleurs le

cadre d'une conversation est trop resserré et le sujet trop vaste; il ne faut pas tout d'un coup accabler l'esprit qui se livre à le méditer. Je dois ménager, mon Prince, vos momens, et je vous supplie de m'accorder à un autre jour ceux qui n'appartiendront pas à des objets majeurs."

— ,,Non, Vous ne Vous retirerez pas, reprend le prince. Le tems qui sert à des révélations aussi salutaires, est le mieux employé. L'homme ne dispose pas de la minute future. Non, je ne veux pas laisser échapper le moment présent.... J'ai reconnu dans le cours de votre conversation des traits qui peuvent s'appliquer au pays que le ciel a confié à mes soins; c'est la première fois qu'une voix humaine les porte à ma connaissance; je vous en sais gré; souvent j'ai senti confusément quelque chose de ce que je viens d'entendre, mais jamais aucun de ceux qui m'approchent ne m'en a ouvert la bouche; on m'a laissé dans l'incertitude, et l'obscurité a continué de planer sur mon esprit. Vous y portez le premier la lumière; mes yeux se décillent. Je veux en savoir davantage, je veux tout savoir.... Que ne vous ai-je vu plutôt! — Vous n'avez rien à ménager devant moi, si non vos forces, votre tems; vous ne vous retirerez pas; et si vous n'avez pas le courage d'achever ce que vous avez commencé, vous en êtes responsable devant celui qui seul nous voit et nous entend."

„Vous m'ordonnez de parler, Prince, et je rends grâce à celui qui m'a placé devant Vous, du bonheur qu'il m'accorde de pouvoir servir ma patrie, et soulager en même tems mon coeur. Je serai aussi court qu'il est possible de l'être quand on a beaucoup à dire. Je parcourrai rapidement les branches auxquelles mes observations se rapporteront.

D'abord, Prince, je parlerai des finances. Elles forment la base matérielle de l'existence des réunions sociales. Le dé-

rangement des finances est la maladie de pres-
que-tous les gouvernemens d'aujourd'hui,
et même les plus petits parmi eux en ont
été atteints dans les derniers tems. Les
erreurs et les passions des gouvernans
ont de longue main fondé la pénurie qui
afflige les états ; les uns ont été prodigues
en se livrant aux plaisirs, les autres en
s'abandonnant au penchant pour la guerre.
La France a la première donné l'exemple
du délabrement des finances et de l'emploi
de tous les moyens pernicieux pour y
remédier. Les finances ont entrainé ce
pays dans une affreuse révolution, qui a
répandu le fléau de leur délabrement sur
toute la terre connue. Tous les bons
souverains avaient introduit l'économie
dans l'administration de leurs états, ils
avaient retranché les dépenses de leurs
cours pour soulager les peuples et pour
payer les dettes de leur pays, mais leurs
bonnes intentions ont été frustrées ; forcés
à prendre part à des guerres ruineuses, ils

ont dû imaginer de nouveaux moyens financiers pour satisfaire à des besoins toujours croissans; les plus sages et les plus rangés d'entre eux ont dû céder à la nécessité. Augmentations d'impôts, accumulation d'emprunts, création de papier-monnaie, voilà les expédiens auxquels ils ont dû recourir tour à tour! Le dernier surtout a présenté trop d'attraits et trop de facilités pour qu'il n'eût conduit à de grands abus. Quelques états se sont déjà ressentis de leurs suites funestes; d'autres s'en ressentiront tôt ou tard, si leurs souverains n'y portent remède. Il en est qui ont augmenté le papier-monnaie à mesure que leurs besoins l'exigeaient; ils n'ont pas réfléchi que ce papier ne devait suppléer que pour un instant au métal qu'il représentait et qui est jusqu'ici la seule mesure adoptée dans les sociétés civilisées, pour indiquer la valeur des choses; ils ne se sont pas rappelés qu'en augmentant la masse du numéraire, ils ont diminué sa valeur d'autant qu'ils ont dépassé le besoin de la circulation, et que le papier-monnaie, n'étant qu'une monnaie de confiance, devait perdre son crédit en proportion de l'atteinte portée à la confiance par une trop grande émission. Les assignats de France ont été d'un terrible exemple pour les gouvernans qui pourraient oublier ces principes et s'abandonner à émettre du papier-monnaie sans mesure et sans modération.

On sait également à quel degré d'épuisement les emprunts ont conduit la France. Ce sont ces emprunts qui, parvenus à un excès où il devenait impossible de payer les intérêts, ont produit cet horible déficit qui a amené la révolution avec tous ses maux, au nombre desquels se trouvaient aussi les assignats et les impôts exorbitans.

Aucun pays n'a jamais supporté de ces derniers en plus grand nombre que la France pendant les vingt-quatre ans, qui viennent d'écouler. ; Directs et indirects, prenant tantôt le nom de contributions, tantôt de taxes, tantôt de droits, tantôt de subventions ou d'octrois, les impôts français n'étaient guère que des appels illimités que faisait le gouvernement, pour obtenir des gouvernés des prestations d'argent illimitées. Tout gouvernement a besoin d'argent et a le droit de s'en procurer par des impôts, mais il est aussi de son devoir de ménager ceux qui doivent le fournir.

Ce devoir bien entendu est son plus haut intérêt. Les impôts levés par le gouvernement français, réunissaient tous les défauts, dont pour le malheur des peuples, des impôts peuvent être entachés. Les objets sur lesquels ils étaient assis, étaient mal choisis et faute de base, la répartition des impôts était arbitraire; les mêmes objets imposables étaient frappés de plusieurs contributions à la fois; le contribuable n'avait jamais la certitude d'avoir terminé ses payemens; le mode de lever les impôts était trop dispendieux et le nombre des employés pour les recouvrer, hors de toute proportion. En un mot, les impôts étaient en trop grande quantité et le systéme avait trop de complication. Dans aucune époque de la révolution il y en a eu moins de vingt espèces, souvent il y en a eu davantage, et tel contribuable se trouvait atteint de tous les impôts à la fois. Jamais on n'avait fini de payer, car outre les impôts ordinaires, il y en avait d'extraordinaires, dictés par le besoin du moment; impôts, qui n'étaient ni prevus, ni annoncés, et qui, sans porter le nom de ce qu'ils étaient, ne sortaient pas moins de la poche des contribuables. Les réquisitions de toute espèce, les differens genres de collectes, de quétes et de dons ordonnés pour des objets urgens et se répétant à tout moment, les charges locales pour des constructions publiques, pour des insti-

tutions de bienfaisance, de sûreté, pour
des objets de culte, d'instruction, pour
des fêtes, étaient autant d'impôts que
le gouvernement jetait sur les habitans,
sans les mentionner dans les tableaux
de finances. L'art financier du gouvernement français n'a pas consisté à étudier
les ressources, pour les débarrasser de
leurs entraves, pour les vivifier en leur
donnant la plus utile direction, et pour
les ménager pour la suite; il a consisté à
les dessécher, à les épuiser à fond pour
les faire couler jusqu'à la dernière goutte
dans ses coffres-forts. Les insensés qui
s'étaient emparés du pouvoir, ne son-
geaient qu'au présent; l'avenir n'existait pas pour eux; entassant les inventions
fiscales les unes sur les autres, ils ne
pensaient qu'aux besoins du gouvernement, mais ceux qui devaient y satisfaire par des impôts, n'entraient jamais
en considération. C'est ainsi que prit
naissance ce fameux système appelé celui

des soumissions, d'après lequel les re- ceveurs généraux s'engageaient d'avance à fournir au gouvernement toute la mas- se des contributions directes imposée pour l'année; systême qui, en assurant au gouvernement la totalité des sommes demandées, rendait absolument impossible toute réclamation de la part du contri- buable. C'est dès cette époque que les pièces officielles faisaient retentir ces grands mots qui ont trompé la crédulité des étrangers, mais qui n'étaient pour les Français que des mensonges insultans; ce que le gouvernément appelait l'ordre dans les finances, n'était que l'arbitraire le plus cruel; ce qu'il nommait des res- sources, n'étaient que des exactions; ce qu'il désignait du nom de perfectionn- nemens et d'améliorations dans le systême financier, n'était que de vérita- bles détériorations et des désastres pour les contribuables. Pendant que cette per- fide terminologie se perfectionnait, la matière imposable diminuait; à mesure que le systême financier faisait des progrès, la fortune des habitans faisait des pas retrogades.

Dans cette audience, Prince, à laquelle Vous avez bien voulu m'appeler aujourd'hui, je ne puis faire que de courtes indications, et ébaucher des apperçus, mais chaque trait pourra un jour remplir une audience entière, et pour chaque trait, mon Prince, je m'engage à Vous produire les preuves authentiques. Aujourd'hui je dois me restreindre à ajouter qu' au moment où le chef du dernier gouvernement français prônait la prospérité de son peuple et le proclamait le plus riche de tous les peuples de la terre, sa misère avait atteint presque le plus haut point, et l'abondance n'existait que dans les caisses publiques qui engloutissaient toutes les fortunes. La révolution qu'on a vantée pour avoir perfectionné toutes les branches de l'administration en les enrichissant de toutes les lumières et de toutes les découvertes d'un siècle, appelé philosophique, a reculé l'art des finances; cet art n'est devenu que celui d'extorquer aux peuples jusqu'aux derniers élémens de leur prospérité en les appropriant aux gouvernemens; et les nouvelles conceptions du dernier chef de la France révolutiónnée ne consistaient pour la plupart, que dans l'expédient de doubler, de tripler, de quadrupler d'un trait de plume ceux des impôts, dont le rapport ne répondait pas à son attente. Et c'est cet art grossier et barbare qui, pendant qu'il pesait d'un énorme poids sur les Français, a trouvé à l'étranger des admirateurs, qui a trouvé même des imitateurs!

Le gouvernément français s'est vanté de favoriser l'agriculture; et ce même gouvernement n'a jamais pu parvenir à fonder une juste base de répartition pour la contribution foncière; la plus horrible

inégalité y a toujours règné; la seule éga-
lité consistait en ce que l'impôt était arbitraire pour tout le monde, et qu'il
fournissait à tout le monde également des
sujets de plainte. Le gouvernement français
a vanté les progrès de l'agriculture, et
tous les ans il lui enlevait par la conscription les bras les plus vigoureux; il
en vantait la prospérité, et par ses droits
réunis il anticipait sur les récoltes; il
demandait à l'agriculteur conduisant ses
productions aux marchés, l'avance des octrois; il gênait la circulation des denrées
par les péages établis sur les transports;
par les péages établis sur les voies de
communication; par les innombrables commis de ses régies répandus dans l'intérieur
comme aux frontières; la taxe sur les
portes et fenêtres n'épargnait pas même
celles de l'habitation de l'agriculteur; la
contribution mobilière portait également
sur sa demeure en raison de son étendue,
sur ses épargnes présumées et sur ses

capitaux placés, l'enrégistrement l'atteignait sensiblement dans chaque transaction de vente et d'achat, et il était tributaire des droits de greffe et d'hypothèques; le timbre le mettait en dépense continuelle; rien n'était exempt d'impôt en sa faveur, et à la fin pas même le sel dont il assaisonnait sa soupe. En outre on exigeait de l'agriculteur, sous titre de réquisition ou d'emprunt, des fournitures en fourages ou vivres, on exigeait de lui des chevaux, des chariots, des hommes. Enfin quel pouvait être le bonheur que ce gouvernement prétendait avoir répandu sur les campagnes, puisqu'il était despotique au point de prescrire certains genres d'industrie agricole à exercer, et d'en défendre d'autres; qu'il était assez ignorant pour qu'il s'imaginât faire une révolution universelle „en sens contraire de la découverte du nouveau monde", en fixant le nombre des arpens de terre qui dans chaque département devaient être ensemencés de betteraves à sucre! Quelle prospérité pouvait répandre sur l'agriculture un gouvernement qui défendait sous des peines les plus graves, la culture du tabac dont il s'était fait le monopoleur; qui s'efforçait de cultiver du coton pour se passer de l'Inde, et qui voulait que les vignerons tirassent de leurs raisins, du sucre, au lieu d'en faire du vin. Que dire d'un gouvernement se disant protecteur de l'agriculture qui, après avoir provoqué par son ineptie et son imprévoyance une disette générale dans le pays qu'il régit, veut y remédier en forçant les cultivateurs à se défaire de tous leurs bleds pour en approvisionner les marchés; qui fixe les lieux où ils doivent les porter et les prix auxquels ils doivent les rendre! A-t-on besoin, pour apprécier la sagesse de ce gouvernement, d'en connaître plus que son décret qui ordonne la distribution journalière de deux millions de portions de soupe à la Rumford en remplacement

du pain, et celui qui établit des tribunaux
spéciaux extraordinaires pour punir tout
délit résulté des inquiétudes sur le manque de subsistances. Des gouvernans
ne sauraient pousser leur aveuglement
plus loin que de croire, que tout leur
est possible moyennant quelques articles
tracés sur le papier, et que par une or-
donnance ils peuvent changer et le sol,
et le climat, et les lois de la nature, et
le caractère du commerce et sa marche.
Ce n'est que l'abus du pouvoir et l'ignorance la plus complette de tout principe
d'administration qui puissent conduire à
ce degré de démence! Ces insensés ne
voyaient pas que le sol et ses produits ne
dépendent pas de l'homme, mais que l'activité de l'homme est déterminée par le
sol et les produits qu'il lui offre, et qu'il
choisit de lui-même l'industrie agricole
à laquelle son intérêt lui enseigne de s'appliquer. Ils ne se doutent pas que leurs
lois et règlemens ne sont que des entraves

.et

et des découragemens pour l'agriculture, et ils s'imaginent pouvoir créer ce qui n'est pas, tandis qu'ils ne font que géner et détruire, ce qui est.

Il en était de même de l'industrie manufacturière que le gouvernement français a prétendu encourager. Elle était imposée par le droit de patente, par le mobilier, par le personnel, par la taxe des portes et fenêtres, par le timbre et l'enrégistrement, par les octrois, par les droits réunis, par le foncier, par les douanes, par les lettres de voiture, enfin par toute la foule d'impôts qui existaient pour les autres classes, par cent et cent formalités et gênes, se succédant et se renouvelant sans cesse. Le gouvernement s'imaginait l'encourager beaucoup, en prohibant les productions de l'industrie étrangère et en engageant les indigènes à les fabriquer. On voit paraître des établissemens industriels, qui, d'eux-mêmes n'auraient pas pris naissance; mais aussi les difficultés d'un commencement qui est artificiel, sont elles grandes; les productions étrangères sont préférables, elles restent en faveur et se font jour par la contrebande; les fabricans nationaux ne peuvent pas y concourir pour les prix; le gouvernement fait d'un côté des avances et agrave de l'autre son système prohibitif; les productions nationales étant sans concurrence, deviennent plus mauvaises et leurs prix augmentent; les acheteurs sont mécontens et se passent des objets qui ne répondent pas à leur attente. Raison de plus pour le gouvernement, d'augmenter son système coërcitif. Des spéculateurs égoïstes et aventureux y fondent leurs espérances: on fabrique des toiles, où autrefois il se faisait des draps ou des serges; on confectionne des étoffes où autrefois on travaillait le fer; on extrait du sucre où autrefois on tannait des cuirs. Tout est renversé, car on croit pouvoir tout rendre possible. Le ministre cite pompeusement les nouveaux établissemens; il croit avoir fait de nouvelles créations; mais il ignore qu'on n'a rien créé tant qu'on n'a pas augmenté le capital, puisque le capital limite l'industrie; et que par les combinaisons du gouvernement des parties du capital général ont été seulement détournées des objets où elles avaient trouvé un emploi naturel, pour être appliquées à des branches établies forcément; ce ministre ne conçoit pas que ces portions du capital général sont moins avantageusement employées que si elles avaient été appliquées d'après le libre choix des particuliers, qui connaissent le mieux leurs intérêts. Tout ce qui est perdu par ce déplacement des capitaux, par l'affaiblissement de leur produit, par la diminution des jouissances et l'augmentation des prix, équivaut à un impôt général. Le monopole peut être regardé comme une récompense que le gouvernement donne pour maintenir des manufactures inférieures à celles des autres nations, et comme une amende qu'il impose à ses administrés qui cherchent à employer leurs capitaux de la manière la plus utile. Pour soutenir un système si opposé à toute raison, la France a déployé d'immenses moyens, qui portaient sur l'industrie commerciale en même tems que sur celle des manufactures. Sous son dernier gouvernement un triple cordon de douaniers doit empêcher le concours des produits étrangers et le tarif des marchandises prohibées devient un livre volumineux. Quarante à cinquante mille hommes perpétuellement en armes, forment un camp autour des vastes frontières; ils sont fastueusement appelés des Préposés armés pour la police du commerce extérieur. La France veut être indépendante de tous les pays du monde; elle doit se réduire à elle-même; l'industrie intérieure doit lui suffire. On ne veut rien acheter; on ne veut que vendre. On voudrait transporter la muraille de la Chine sur les frontières françaises et puis l'élever jusqu'aux nues, pour empêcher la sortie du numéraire de même que l'entrée des marchandises et denrées étrangères. On croit qu'en accumulant la masse du métal-numéraire, on augmente la richesse de la nation, et l'on voudrait attirer celui de l'univers entier; on ne sait pas que l'accumulation de cet argent en avilit la valeur et que quelque grande que soit sa masse, il n'augmente pas le capital, puisqu'il ne lui sert que de véhicule d'échange; on ne s'imagine pas que le numéraire, quelle que soit sa masse, se divise en autant de parts que le capital réclame pour être échangé, et que les parts d'argent nécessaires, deviennent plus petites ou plus grandes, en proportion de la diminution ou de l'augmentation de la somme totale; on ignore que le particulier qui donne du numéraire pour un produit étranger, a calculé son avantage à cet échange, et que, s'il y a de l'avantage pour un particulier, il doit y en avoir à de semblables échanges pour l'état puisqu'il se compose de tous les particuliers.

Mais comme le gouvernement français prenait l'argent pour de la richesse et que l'acquisition du métal-numéraire lui parut un des grands buts à atteindre en administration, son systéme prohibitif ne devait pas se borner à encourager l'industrie nationale, il songeait aussi à en faire une source financière pour lui-même. Les produits dont l'industrie nationalé ne pouvait pas se passer, pouvaient entrer en France moyennant de forts droits, et lorsqu'on a vu dans des cas de besoin doubler, tripler et quadrupler ces droits, c'était pour augmenter les revenus du gouvernement et ils étaient avancés par le fabricant pour lui être remboursés avec usure, par l'habitant consommateur.

C'est ainsi que furent traitées sous le dernier gouvernement de la France ces trois mères-nourricières de l'état, l'industrie agricole, manufacturière et commerciale. Même logique, mêmes principes pour chacune de ces trois industries. Pour perfectionner ce systême on a établi successivement sur tous les points de la France des chambres de commerce, des comités de commerce, des chambres consultatives de manufactures, fabriques, arts et métiers; on a institué auprès du ministre de l'intérieur un conseil général du commerce et des manufactures; le chef du dernier gouvernement a tenu lui-même des conseils de manufactures et de commerce; il a publié un code de commerce et il a fini par créer un ministre de commerce et des manufactures; les décrets, les lois, les ordonnances, les employés pour cette branche se sont multipliés presque chaque jour. La nature, le sol, les localités ont été soumis à des réglemens du systême prohibitif. La contrainte a produit des délits; des actions, en elles-mêmes innocentes, ont été placées au rang des crimes; des delits de contrebande ont été qualifiés de révoltes et d'actes de haute-trahison; l'immoralité s'est accrue dans des proportions effrayantes; le gouvernement a établi des tribunaux extraordinaires pour les douanes; ils ont envoyé des victimes aux galères et à la mort.

Voilà, Prince, à quels excès déplorables l'ignorance des véritables principes de l'administration, et l'avidité du gain ont conduit un des plus grands états d'aujourd'hui. La liberté qui est le seul élément de toute industrie, élément sans lequel aucune de ses branches ne saurait prospérer, pas même exister, a été proscrite; on a mis à sa place ce funeste esprit réglémentaire, soeur de la manie des formalités, et l'industrie a été enchainée, étouffée. Je n'ai pas exagéré ce systême qui a fait le fléau de la France, je suis loin de l'avoir peint, je n'en ai fait qu'indiquer les principaux traits puisque je n'ai pas voulu abuser des momens que vous avez daigné m'accorder; mais, tout hideux qu'il est ce système, je ne puis Vous le cacher, dussé-je parler pour la dernière fois à mon souverain, il a trouvé des imitateurs, et il n'y a presque pas un état qui n'ait été du nombre de ceux-ci . . . . . ."

— ,,Vous avez ráison, reprend le Prince, moi-même, je l'avoue, j'ai dû suivre le torrent; mais, vous conviendrez, que j'y ai été obligé malgré moi, comme à une espèce de représaille. Les gouvernemens d'aujourd'hui se forcent les uns les autres à ces mesures chicanières, et celui qui ne les prendrait pas, aurait des désavantages marqués vis-à-vis des autres. Chaque souverain jusqu'au plus petit, a mis des impôts sur les articles de sa propre exportation, et de proche en proche cette guerre fiscale s'est étendue jusqu'aux plus grands qui ont voulu se mettre au moins sur la défensive.‟

„ — „Sans doute, Prince, bien des mesures relatives aux différentes branches de l'industrie, sont à mettre sur le compte des circonstances. Mais vous me permettrez aussi de vous observer franchement que ces mesures ne seraient pas parvenues à s'établir si systématiquement et avec une telle universalité, si l'ignorance des véritables principes de la richesse nationale n'avait été si générale et si profonde. Depuis la seconde moitié du dix-septième siècle les idées de commerce et d'industrie étaient devenues dominantes dans les cabinets des souverains, mais il s'en faut beaucoup qu'elles aient été justes. On s'est fait la guerre pour obtenir des avantages de commerce ou d'industrie, et l'on a cru se mettre en possession des richesses qui en résultent, par les armes et les traités. On a fini par se faire,

même en tems de paix, une guerre sourde
et continue moyennant des douanes et
des tarifs, et même des nations amies
qui étaient appelées par la nature à des
rapports réciproques, ont cru devoir embrasser ce systême vexatoire qui ne laisse
pas que d'aigrir les esprits et de mettre
à la place d'une confiance mutuelle, la
jalousie et l'envie. Aucune nation cependant n'a jusqu'ici gagné à ce systême;
toutes elles ont souffert, toutes elles se sont
plaintes, et avec raison. La France, mère
de ce systême, y a souffert le plus, et si
l'on doit s'étonner de quelque chose, c'est
de ce qu'elle ait pu le supporter sans
succomber plutôt. L'état des choses que
je viens de signaler, ne peut nulle part
durer longtems; il doit disparaître de dessus la surface de la terre et il disparaîtra.
Les véritables notions sur la prospérité
des nations vont se répandre dans les
cabinets et une routine aveugle et erronnée
fera place à des vues saines et justes. Elles

seront le résultat des lumières qui ont été portées pendant les dernières années dans la science de l'économie des états. Elles ont paru jusqu'ici aux uns trop abstraites, d'autres les ont taxées de paradoxes, cependant elles sont de la plus haute simplicité, et ne proviennent que d'une fidèle observation de la marche de la nature. Toujours l'homme est d'autant plus frappé d'une vérité nouvelle, qu'elle s'est trouvée placée plus près de lui, sans qu'il l'eût découverte, et qu'il a été longtems à la chercher au loin. Ceci est particulièrement applicable aux découvertes en administration publique. Comme cette branche est à la vue de chacun, et qu'elle a rapport à l'intérêt de chaque individu, l'amour-propre est particulièrement piqué par les nouvelles découvertes; malheureusement celui des hommes puissans, qui à la tête des affaires les ont ignorées si longtems, se venge sur elles en s'obstinant à ne pas les reconnaître, et comme elles n'ont été jusqu'ici que la propriété de quelques hommes studieux et le dépôt de quelques livres, l'appareil savant dont elles sont encore entourées, a armé le préjugé contre elles. Cependant le moment, Prince, n'est peut-être pas éloigné où elles seront la science favorite de chaque souverain et alors chaque gouvernement regardera avec dédain cette basse jalousie qu'il nourrissait jadis contre la prospérité d'autres peuples, et bientôt peut-être aucun ne pourra concevoir comment une administration pouvait voir de mauvais oeil des branches d'industrie avantageuses cultivées dans d'autres états, et en établir à grands frais de désavantageuses chez sa nation. C'est cependant de cette folie ruineuse qui ne vient jamais dans l'esprit d'aucun particulier, que les gouvernemens ont donné à l'envie l'exemple! Je ne sais, Prince, si je me trompe, mais il me semble voir approcher le moment où ce sera une vérité reconnue par chaque souverain, que les intéréts des peuples sont réciproques, et que les peuples pauvres n'ont qu'à gagner au commerce avec des nations riches. Il me semble voir se réunir un congrès de souverains, où tous ces principes seront solennellement reconnus, et où les barrières que l'ignorante avidité avait érigées entre les nations, seront abattues. Ce sera le plus beau congrès qui jamais ait été tenu par des souverains! L'humanité sera débarrassée des entraves qui ont si longtems étouffé les germes de son aisance. Une nouvelle ère commencera pour elle. Les gouvernemens seront justes par ce qu'ils seront éclairés. Ils auront reconnu que régner n'est pas tout gouverner et gouverner par tout, et que l'excès de leur entremise est un grand obstacle au bonheur des peuples. Le grand art des gouvernemens, en fait d'industrie, consistera à faire positivement aussi peu que possible, mais à laisser faire tout ce qui peut et veut se faire de soi-même. Ils se borneront à répandre, par les moyens de la publicité, les lumières qui pourront être utiles à leurs administrés dans leurs entreprises industrielles, à protéger, par des lois sages et inviolables, les droits de propriété et à faciliter par des institutions générales, les moyens de débit et d'exploitation que l'intérêt des particuliers réclame. Alors le meilleur gouvernement sera celui qui, par un effet de sa sagesse, fera peu ou rien de positif, et ce ne sera qu'aux mauvais gouvernemens de se distinguer en plaçant leur entremise par tout. Les états ont passé par cet extrême, car c'est le sort de l'humanité de ne trouver le chemin du milieu, que par les voies les plus écartées.

Je me reprocherais, Prince, de m'être tant étendu sur la législation que réclame l'industrie, si elle n'était pas la source de la richesse des nations et par conséquent là base des finances des gouvernemens,

Mais après avoir signalé parmi les défauts du systéme financier de la France
ceux qui tournent directement contre
l'aisance nationale, qu'il me soit permis
d'en faire remarquer encore un qui, en
partageant ce reproche, est même en
contradiction avec l'intérêt du gouvernement, c'est l'énormité des frais que le
maintien de ce systéme rend nécessaire.
Le systéme financier de la France, tel
qu'il était organisé sous le dernier gouvernement, présentait plus de dix administrations séparées, tandis que deux ou
trois auraient pu amplement suffire. Chacune de ses administrations gérait un ou
plusieurs impôts, dont souvent chacun
avait une organisation différente et en-
traînait des frais d'écriture et de recouvre-
ment particuliers. Chaque administration
salariait un grand nombre d'employés de
tout rang, dévorant une partie considé-
rable de l'impôt levé sur le peuple et
faisant de grands frais au gouvernement;

ment; il est officiellement constaté qu' à quelques époques les frais d'administration de certaines branches financières ont été de 30 et 40 pour cent, comme dans les Douanes, dans les droits - réunis, les Octrois. Des hommes versés dans les finances, des administrateurs instruits, avaient plus d'une fois conseillé au gouvernement de reduire les dépenses et les employes. Il n'ecoutait pas. Que lui importait le peuple! Lorsqu'il avait besoin de creatures, il augmentait le nombre des employés; lorsque les besoins croissans de sa caisse le pressaient, il réunissait des branches d'administration et il diminuait le nombre des employés. Cette nombreuse milice financière formait une seconde armée, guère plus faible que celle qui faisait la guerre. On peut calculer par apperçu que cette milice montait au moins à 200,000 hommes et si l'on veut regarder la partie forestière aussi comme une branche financière, elle y ajoutait encore plus de 10,000 individus.

F

Après tout ceci, Prince, on n'a besoin, ce me semble, de rien ajouter pour caractériser un système de finances vicieux. Cependant je dois encore réclamer votre attention pour quelques minutes; après avoir envisagé la branche d'administration qui concerne l'explication des fortunes en général, il ne faut pas passer sous silence celle qui doit protéger et maintenir les fortunes particulières: la justice. Le système suivi en France, présentait sans contredit des côtés recommandables. La séparation complette du pouvoir judiciaire d'avec le pouvoir administratif, est une des institutions à imiter. Dans une grande partie des états existans ces deux branches sont confondues, elles demandent cependant à être distinctes, tant pour les connaissances qu'elles exigent du côté des employés, que par le but auquel elles tendent. Le système de justice suivi en France présentait encore l'avantage de réunir en un

seul code toutes les lois concernant une
même branche de législation ; ces codes ré-
digés d'une manière claire et simple pouvaient donc être dans les mains de tous les
habitans et répandre toutes les lumières sur
leurs intérêts personnels. Plusieurs gouvernemens ont apprécié cet avantage et
ont donné à leurs administres des codes,
adaptés à leurs besoins. D'autres, entraî-
nés plutôt par le goût de l'imitation ou
par des motifs de flatterie, que dirigés
par des principes de sagesse, ont introduit
chez eux la législation française soit en
entier, soit en partie. Les uns et les
autres ont eu tort, car cette legislation
contient nombre de principes fondamentaux
qui ne peuvent trouver de l'application
qu'en France, et qu' aucun pays, à moins
de ne faire une revolution totale dans
toutes les branches d'administration, ne
saurait s'approprier ; détacher des mor-
ceaux de la législation, c'était bigar-
rer les lois existantes et donner naissance

à des incohérences et à des contradictions. Mais le plus grand défaut du système judiciaire de la France, consistait en ce que l'on en avait fait une ressource de finances pour le gouvernement. Une grande partie du bien que pouvait produire l'uniformité des lois, était détruite par des vues fiscales. La belle déclaration constitutionnelle que la justice se rendait gratuitement en France, n'était qu'un mot, car cette même justice était la plus coûteuse de toutes les justices du monde. Le sens de cette phrase, qui a fait tant de dupes dans l'étranger, n'était autre chose si non que les juges, étant salariés par le gouvernement, n'avaient rien à exiger des justiciables. C'était en attendant le fisc qui rançonnait ces derniers par le timbre, par l'enregistrement, par les droits de greffe et d'hypothèques, droits qui se prélevaient d'une manière bien onéreuse sur le plaideur, car, dans ce système, tout était combiné pour multiplier les écritures et les formalités, afin que chaque ligne donnât du revenu au trésor public. Une autre partie de la fortune du justiciable était dévorée par les notaires, les avocats, avoués et huissiers, dont le ministère était rendu nécessaire à chaque pas par les mêmes maximes financières. Il est vrai que dans les derniers tems le gouvernement avait soumis ces individus à des réglemens disciplinaires, parcequ'il ne voulait pas voir couler l'argent dans d'autres mains que les siennes, mais ce n'est pas par des formalités, qu'on saurait mettre un frein à des hommes de loi; éluder les formalités en s'environnant de formalités, est leur force. Les juges n'étaient guère accessibles, il est vrai, aux plaideurs, cependant les frais d'un procès étaient incalculables en France, et malgré les codes et la publicité des plaidoyers, malgré le tribunal de cassation, et le ministre de la justice, Grand-juge, des procès pouvaient être interminables ou ne terminer qu'avec la ruine du plaideur.

Il y a des états où les juges et les greffiers reçoivent de la part des plaideurs des rétributions qui sont fixées par le gouvernement d'après l'importance du travail. Il n'y a que le préjugé qui puisse blâmer un semblable systéme; le plaideur doit se féliciter de pouvoir faire d'avance, d'après un tarif connu, le calcul des frais de son procès. Et s'il faut citer un exemple, on peut nommer la Prusse, où ce systéme est adopté et où l'administration de la justice s'approche le plus de la perfection. Un des avantages incontestables d'un tel systéme est que, sans tirer de gros appointemens de la caisse de l'état, les employés jouissent d'une existence aisée, et que l'on peut à juste titre exiger d'eux qu'ils se vouent entièrement et exclusivement à leurs fonctions. Le comble que pourrait atteindre un systéme judiciaire serait, s'il présentait des primes en proportion de la promptitude des décisions. Une combinaison qui donnerait aux juges un intérêt pour terminer au plutôt les procès, diminuerait de beaucoup les maux qui pèsent sur les hommes réunis en société !

Il existe d'autres états où les frais judiciaires ne sont point fixés du tout, et où les hommes employés dans les tribunaux, sont mal payés. C'est ici que la justice est vénale, et devient un trafic scandaleux ; le plaideur, l'argent à la main, marchande avec les juges et les greffiers ; l'obscurité et la complication des lois est le champ qu'ils exploitent tant que dure la fortune des plaideurs.

A la justice se lie naturellement la Police, qui en est comme une avantgarde et qui l'entoure pour ainsi dire de ces postes avancés. Il y a des états où cette branche de l'administration publique a été portée à un haut degré de raffinement. On a admiré de tout tems la police française, et elle passe pour être le modèle des polices. Les livres sont remplis d'anecdotes, rapportant de ses tours de force qui semblent tenir du miracle. Mais malheur au pays où l'imitation de la police de France serait de nécessité! elle n'est si raffinée qu'à raison de la grande démoralisation qui règne dans cet infortuné pays, et la donner à un autre peuple, ce serait lui donner des crimes ou la nécessité d'en avoir. La police française, telle qu'elle est actuellement, est en grande partie un héritage de la révolution; elle se ressent dans toutes ses dispositions des soupçons, des craintes et jalousies des factions politiques, car le plus grand nombre de ses attributions la caractérise, plutôt comme un instrument dans la main d'un gouvernement qui craint pour son existence, que comme une égide pour la sûreté et le repos des citoyens. Ceux-ci reconnaissent son activité, mais elle fait sur eux l'effet d'une inquisition soupçonneuse;

elle inspire la frayeur au lieu de faire naître des sentimens de sécurité. Le systéme des passe-ports, comme celui de tous les certificats et cartes de sûreté, empruntant toutes les formes et couleurs, apprend à chaque pas à l'habitant qu'il marche dans une grande prison. Et ce systéme, qui porte tout le caractère de son origine révolutionnaire, a été imité en partie, ou dans son ensemble, dans des états qui n'ont jamais éprouvé le malheur des révolutions. Dans aucun pays on n'est entouré de tant d'agens de police publics, et secrets qu'on l'a été en France; ils y voltigeaient autour de chaque habitant en si grand nombre que le peuple leur a donné le nom de mouches. Quelqu'imparfaitement tracée que puisse étre la ligne de démarcation, entre les différentes espèces de la police française, entre cette police dite simple ou municipale et cette police appelée correctionnelle, plusieurs gouvernemens se sont étudiés à les transplanter chez eux; la France s'est donné sous le dernier gouvernement une haute police, et elle a possédé une police secrete depuis longtems; elle a encore excité l'émulation de quelques gouvernemens et il y en a qui ont voulu l'égaler pour ces inventions. Que le ciel préserve chaque pays de cet art d'omniscience et d'omniprésence de la police française! Lorsque des juges criminels, pour obtenir des résultats brillans dans leurs fonctions, payent le crime et en deviennent les confidens, la justice se dégrade et lui cède une part à des services publics, qu'elle ne devrait jamais aliéner. La vertu et le vice, la lumière et les ténèbres ne sauraient jamais faire cause commune! Les états tels qu'ils sont organisés aujourd'hui par suite de la civilisation générale, ont besoin sans doute de polices. Mais pour qu'elles soient ce qu'elles doivent être, il faut avant tout que leurs agens soient de la plus grande probité.

Ce n'est que sous cette condition qu'une autorité redoutée sera aimée, elle sera tutélaire au lieu d'être regardée comme vexatoire, et les préjugés qui ont si long-tems prévalu contre elle cesseront. Qu'elle se fasse sentir le moins possible lorsqu'elle agit pour protéger la sûreté individuelle et la propriété, pour prévenir les accidens et les délits; plus elle sera simple et imperceptible, et plus elle sera parfaite. Pour atteindre ce but, qu'elle cherche à obtenir pour auxiliaire l'opinion publique; elle y réussira en faisant usage d'une sage publicité. Sans doute le détail des opérations peut souvent exiger le secret pour réussir, mais les résultats doivent être portés à la connaissance des citoyens; ils seconderont l'autorité qui lui montrera une confiance loyale. Plus une police se plaira dans une conduite mystérieuse et plus ses intentions seront empoisonnées par les méchans. Il est des pays où la police est un objet de terreur pour tous; tandis que chacun devrait voir en elle une amie et la protectrice de sa sûreté et de sa propriété. Les autorités comme les individus n'ont qu'à gagner l'hommage qui est rendu à la vérité et à la franchise; tant qu'une police s'en éloigne, elle ne se mettra pas en possession de cette estime qui lui est due pour ses peines et ses veilles, et fût-elle irréprochable, elle ne recueillera que blâme et ingratitude.

Ce qui est vrai à l'égard de la police, s'applique également à l'administration en général. Un gouvernement juste ne prospère qu'au grand jour, les gouvernemens iniques, ont besoin des ténèbres. Un souverain qui veut véritablement faire le bien, ne pourra pas se passer de la publicité: il aura besoin d'entendre la vérité de toutes les bouches, et jamais il ne la saura toute entière, s'il ne permet que chacun la dise. Ce seront des observations, des avertissemens, des conseils précieux qui lui arriveront ainsi et qu'il ne puiserait jamais dans son conseil privé, quelque bien qu'il fût composé. Même ses serviteurs les plus probes et les plus dévoués ne pourront pas connaître tout ce qui se dit et se pense; la voix publique devra les éclairer et les mettre à même de dire au prince qu'ils aiment, toute la vérité qu'il désire entendre. La publicité est le seul moyen de rendre ce service au prince et à son administration. La question de la publicité a été de tout tems une des plus débattues dans les différens états, mais chaque gouvernement a différé dans la manière de la résoudre. Cependant si la véritable publicité doit exister, il est difficile de la soumettre à des modifications, sans que celles-ci ne fassent naître l'arbitraire, et que par conséquent elle ne se réduise à rien. Je puis me tromper, Prince, mais je crois que si la publicité doit exister, elle doit être entière et sans restrictions; il faut ou pouvoir tout dire, ou l'on doit se taire; il faut ou une clandestinité absolue, ou une franchise complette pour la pensée. L'action de la loi ne doit commencer que lorsqu'elle est émise; la loi générale doit punir sévèrement les délits de publicité, comme elle punit tout autre délit; elle doit réprimer l'abus de la pensée, comme elle réprime l'abus qu'on peut faire des mains, des armes, de toute faculté, de tout objet, mis à la disposition de l'homme en société. Jamais la liberté de la pensée ne doit devenir licence. Tel est à peu près le principe suivi dans l'heureuse Angleterre, et elle ne se plaint pas de la liberté de la presse. Mais en supposant même quelques inconvéniens attachés à la publicité, j'ose assurer qu'en dernière analyse le bien qu'elle produit, l'emporte sur le mal. Je n'entends parler ici que des gouvernemens bien établis et consolidés. Dans une révolution la liberté de la pensée entraîne de grands dangers, puisqu'il n'existe pas de force légale pour en réprimer les excès. La France en a fourni la preuve pendant les vingt-cinq années, où flottant entre l'anarchie et le despotisme, elle n'a pas eu de gouvernement. Un gouvernement bien établi n'a rien à craindre de la publicité; un gouvernement juste et sage la désirera. Sans publicité il n'y a pas d'opinion publique; elle est la conscience des rois; sans opinion publique il n'y a pas d'esprit public: il est la source et le soutien de la puissance des rois. En France il n'y avait pas, sous le dernier régime, de publicité, aussi n'y avait-il ni opinion publique, ni esprit public.

Mais, dira-t-on, le gouvernement ne prendra-t-il aucune précaution pour se garantir contre les atteintes d'une publicité égarée? Sera-t-il permis de tout dire sur le compte du gouvernement? Je pense, Prince, qu'autant il est nécessaire que les lois veillent à ce que les particuliers ne

puissent pas devenir victimes de la publi-
cite, et que chacun qui se sert de la presse
contre un particulier, se nomme et se
constitue responsable de ses assertions à
son égard, autant il est convenant que
la liberté de la presse à l'egard du gouvernement, soit entière; il faudrait, s'il
était possible, imaginer une loi qui obli-
geát chacun à dire tout ce qu'il sait et
ce qu'il pense relativement à la chose
publique. Cette loi, au dessus des craintes
vulgaires, laisserait à chacun qui voulût
énoncer sa pensée sur ees objets importans, la liberté de se nommer, ou de ne
se nommer pas. Celui qui aurait des
avis sages et utiles à donner, ne balancerait
pas à se nommer, il y attacherait peut-
être lui-même un prix; celui qui voudrait prendre le ton de la critique, pré-
férerait probablement l'anonyme, quelqu'
assuré qu'il pût être de n'avoir rien à
craindre en le prenant; celui qui se plairait
à répandre la calomnie et le bláme, en

ve-

velopperait son nom de ténèbres. Le calomniateur, en disant le faux, ferait connaître le vrai, et rendrait plus de service à la chose publique que tel flatteur qui se nommerait; le gouvernement profiterait de tout, et même de la calomnie il tirerait des leçons salutaires. L'opinion publique ferait bientôt justice de chaque production, en prononçant sur son mérite et le gouvernement, fort de ses intentions pourrait en toute sûreté imiter l'exemple de l'immortel Frédéric II, qui, voyant les libelles et les satyres dont il était l'objet, placardés sur les murs de sa résidence, les fit afficher plus bas, afin que chacun pût commodément en prendre lecture. Au reste, Vous-même, mon Prince, Vous avez lu plus d'une fois des observations que la malveillance a su répandre sur votre administration, et vous en avez souri, lorsqu'elles étaient sans fonds; vous en avez tiré parti lorsqu'elles en avaient. Que de fois, Prince, les tribubunaux de censure, établis dans vos Etats, se seraient attiré votre désapprobation, si vous aviez pu connaître les passages, et les écrits entiers dont ils ont empêché l'impression, crainte de vous déplaire. Plus d'une fois, Prince, la censure vous a privé de précieuses lumières et elle ne sentait pas qu'elle faisait injure à votre caractère. Tant qu'il y aura des censures il y aura de l'arbitraire, et la vérité ne pénétrera pas jusqu'à l'oreille du souverain. La seule limitation de la presse devra regarder les feuilles du jour; la publicité pourra nuire aux opérations militaires et diplomatiques du gouvernement; c'est alors à celui-ci de prescrire les bornes dans lesquelles elle doit se tenir.

Je me hâte d'arriver à la conclusion, Prince, en passant de la branche de la sûreté intérieure à celle qui concerne la sûreté extérieure: je vais dire deux mots des armées. Montesquieu a parlé de leur accroissement dont il était témoin, comme d'un excès de son tems. Qu'aurait-il dit, s'il avait vécu de nos jours! Tous les extrêmes connus ont été surpassés par les gouvernemens de notre siècle. La France avait donné l'exemple d' armées réglées et stables; elle a aussi donné celui de la conscription, cette source inépuisable de soldats et de malheurs. Toutes les autres puissances ont été forcées à se conformer à l'échelle que ce gouvernement avait adoptée; les unes pour s'opposer à son système de destruction, les autres pour le soutenir quoiqu' à contre-coeur. En France l'armée était absolument le but de l'action du gouvernement; pour avoir une armée tous les excès en administration furent commis; toutes les conceptions et tous les efforts tendaient vers ce but, toutes les ressources et tous les sacrifices y aboutissaient. On aurait dit qu'il n'y avait là un gouvernement que parcequ'il fallait une armée. Tous les habitans ne devaient exister, ne se sacrifier que pour l'armée; tous devaient tôt ou tard en faire partie, la vieillesse comme la jeunesse, soit successivement, soit à la fois; on aurait dit que le père, le fils et le petit-fils arrachés successivement à leurs foyers devaient se croire réunis en famille, en servant sous le même drapeau; Armée de ligne; garde nationale sédentaire et active; armée de réserve; colonnes mobiles; gardes d'honneur; vétérans, ban et arrière-ban; cent noms qui variaient et se renouvelaient selon le besoin, ne désignaient autre chose que l'armée. La France entière ne devait plus être qu'un vaste camp; les tentes et les baraques devaient remplacer les maisons; les feux de garde, les âtres des atteliers; toute la population en armes devait parcourir le monde; la plus haute civilisation avait amené la plus grande barbarie: le citoyen après avoir tout donné pour l'entretien des soldats, devait tout abandonner et

servir comme soldat lui-même. La richesse de la France devait consister en soldats.
La guerre se faisait par des peuples armés.
Ceux du sud devaient la faire dans les
neiges du Nord, et ceux du Nord sous
le soleil brûlant du sud. Le dernier
chef du gouvernement français avait dé-
claré le métier des armes le premier dans
l'état, et un de ses derniers mots qui
n'échappera pas à l'histoire, était qu'il
„établirait sa capitale dans son camp."
Tels ont été les maux que notre siècle a
soufferts, ou qu'il avait encore à craindre;
ce siècle réunissait en lui ceux d'Attila
et de Ghengiskhan!

Cette leçon donnée à tous les gouvernemens a été grande; les finances et
la population de tous s'en sont ressenties;
l'épuisement les a ramenés tous bien plus
rapidement à des termes modérés qu'ils
ne l'auraient été peut-être par la sagesse.
Le système abhorré ne sera plus imité,
si non dans quelques formes extérieures,

adoptées dans les armées françaises et qui ne seront désormais que des jeux insignifians. Les armées doivent changer de destination depuis que la paix du monde est rétablie. Il aurait été glorieux si, au congrès des Puissances alliées, des engagemens réciproques avaient fixé la réduction proportionnée de toutes les armées; mais il sera encore plus glorieux que chaque souverain, sûr des intentions de tous les autres, l'exécute paisiblement et comme par ce noble instinct de confiance qui les a dirigés jusqu'ici. Des millions de bras qui depuis longtems ne servaient qu'à diminuer les ressources des états, se trouveraient rendus à l'heureuse destination de les vivifier et de les faire valoir, et la classe stérile et consumatrice des habitans de la terre serait sensiblement diminuée. Le métier des armes doit redevenir ce qu'il doit être; il ne doit plus être destructeur et sanguinaire, il doit essentiellement servir à la sécurité des peuples au dedans et à leur considération au dehors. On reconnaîtra toujours le mérite des braves qui, à la voix de la patrie vont lui sacrifier leur repos et leur vie; mais il y a des occupations moins brillantes qui ne sont pas moins dignes d'estime. C'est ainsi que le métier des armes ne sera ni le premier ni le dernier, il sera ce que chaque métier utile dans un état doit être à ses yeux: il aura le rang qu'aucun autre ne peut occuper, puisque, chacun étant un anneau dans la grande chaîne sociale, y est indispensablement nécessaire, de même que, chacun étant à sa place, est pour cette place le premier et le seul capable de la remplir. La force de l'armée se déterminera par le besoin d'une police générale pour lequel elle sera employée pour la tranquillité et la sûreté publiques; par la nécessité de servir de garde au souverain, et par la destination importante qu'elle aura de servir de cadre perpétuel à une armée future comme à une milice nationale, destinée à former et à completter cette armée en cas d'agression étrangère. Les officiers et sous-officiers devront toujours être en plus grand nombre que la force de l'armée active ne l'exige, parcequ'il est plus difficile d'en former subitement en cas de besoin, que de créer des soldats. D'ailleurs l'état se trouvera toujours soulagé en salariant des officiers dont les bras seraient restés improductifs, au lieu d'enlever à l'industrie des travailleurs pour en faire des soldats. Ces cadres militaires, distribués d'après les populations locales, sur toute la surface d'un état, y tiendront en vigueur l'organisation de la milice nationale; ceux qui sont désignés pour celle-ci, recevront une instruction périodique, et la discipline et l'esprit militaire, indispensables pour le maintien des états, se propageront parmi eux par l'exemple et par tradition. Il n'est plus besoin de parler de l'utilité des

milices nationales; elle est prouvée par
des faits. Une armée véritablement nationale est seule capable de bien servir l'état;
et l'on sait aujourd'hui combien on lui
prête de force en suivant dans son organisation les moeurs, les habitudes et les
opinions, en un mot toutes les dispositions
physiques, morales et intellectuelles qui
constituent le caractère et l'esprit national
d'un peuple. Ces élémens sont bien plus
nécessaires pour assurer les succès d'une
armée que l'instruction continuelle des
places d'armes, dont on espérait tout
autrefois, et qui paralysait tant de bras
pour les arts de la paix. _

J'ai touché, l'objet, Prince, qui a été
la cause d'une grande partie de nos souf-
frances et des efforts inouis des gouvernemens de notre tems, en parlant de l'exces-
sive grandeur des armées. Les gouvernemens ne ressembleront plus comme autrefois, à des propriétaires qui dépensent tous
les revenus de leurs possessions, pour éle-

ver des murs autour d'elles contre les incursions des voisins. Ils vont s'occuper à faire valoir les ressources intérieures des pays dont ils soignent l'administration; et grâces soient rendues à la providence! le moment-désastreux qui plaçait les souverains eux-mêmes à la tête des armées, ce moment est passé, il est passé sans doute à jamais. Aucun peuple ne craindra plus pour des jours chéris auxquels tient son repos et son bonheur. La paix ayant remplacé la guerre, les souverains ne porteront plus le costume guerrier pour vêtement habituel: ils ne tireront plus l'épée du fourreau; ils n'auront plus en main que le sceptre qui fait fleurir les arts de la paix, et qui répand des bénédictions sur tout ce qui jouit de sa protection paternelle.

J'ai parcouru le cercle que je m'étais proposé de tracer devant vous aujourd'hui. J'ai fini. Tout est changé, ou va l'être, depuis que la paix remplace la guerre.

Il y a partout beaucoup à régler, beaucoup à rétablir et à fonder. La tâche est immense. Il est plus difficile de bien administrer, que de bien faire la guerre; les sauvages exercent le second art, mais ils ignorent le premier. L'histoire compte beaucoup de grands guerriers, mais elle ne connaît qu'un petit nombre de grands administrateurs. La tâche qui appelle les souverains, est grande, elle est immense."

— „Oui, je le sens, répond le Prince, je conçois toute son étendue, ma vue ne l'embrasse pas toute-entière, mais je n'en suis pas effrayé. J'entrevois les obstacles; j'en apperçois tout autour de moi; ils sont nombreux; mais plus l'entreprise est difficile, et plus j'ai du courage à l'aborder. Il est dit, que la bonne cause doit triompher sur celle des méchans. Je ne crains rien; je crois à la vertu des hommes; je compte sur le secours des gens de bien; et celui qui voit mes intentions, me soutiendra et m'aidera.« •

— „Déjà, Prince, il vous soutient, il vous aide; il est avec Vous. Rien n'est impossible à l'homme, quand il marche avec des intentions pures et une volonté ferme. Dieu assiste les souverains, qui veulent rendre leurs peuples heureux. Les bons princes sont la droite du seigneur! Et c'est par eux qu'il a ramené l'ère de la justice et de la vérité que l'espèce humaine célèbre aujourd'hui!«

Imprimé à Leipzig, chez J. G. Neubert.